天国的夜市

余光中◎著

新华出版社

图书在版编目（CIP）数据

天国的夜市 / 余光中著 . -- 北京 : 新华出版社，2021.6
ISBN 978-7-5166-5873-4

Ⅰ. ①天… Ⅱ. ①余… Ⅲ. ①诗集–中国–当代
Ⅳ. ① I227

中国版本图书馆 CIP 数据核字（2021）第 097370 号

著作权合同登记号：01-2020-7624

天国的夜市
作　　者：余光中

责任编辑：林郁郁　　**内文插画**：申伟光
封面设计：周　悟

出版发行：新华出版社
地　　址：北京石景山区京原路 8 号　　**邮　　编**：100040
网　　址：http://www.xinhuapub.com
经　　销：新华书店、新华出版社天猫旗舰店、京东旗舰店及各大网店
购书热线：010-63077122　　**中国新闻书店购书热线**：010-63072012

照　　排：华兴嘉誉
印　　刷：三河市君旺印务有限公司

成品尺寸：130mm × 185mm
印　　张：4　　**字　　数**：37 千字
版　　次：2021 年 7 月第一版　　**印　　次**：2021 年 7 月第一次印刷

书　　号：ISBN978-7-5166-5873-4
定　　价：42.00 元

新版自序

《天国的夜市》是我的第三本诗集，所收作品六十多首都写于一九五四年至一九五六年间，距今已有半个世纪；至于成集出版，也早已在三十五年以前，当然是我的少作了。

我写散文，比写诗要晚，但散文的成熟，比诗要快。当初我写《天国的夜市》，正值二十六、七岁，对英美诗歌已颇熟悉，而且已经开始中译，所以英诗习用的诗体，例如双行体（couplet）、四行体（quatrain），尤其是歌谣体（ballad stanza），都用到中文里来。本书中“当寂寞来袭时”便是一首变体的意大利十四行诗，可惜末二行互相押韵，破了体裁。“饮一八四二年葡萄酒”像一首浪漫的颂歌（ode），不掩仿效济慈的痕迹。至于“给惠德曼”，虽然押了韵，却也看得出有意学惠德曼奔放的长句。

尽管如此，二十多岁的我诗艺迄未成熟。对英诗的吸收尚在模仿的浅境，以致句法失之西化，写的句子还是“主词、及物动词、受词”的公式顺序，读来水清无鱼，平直乏味。唐诗宋词虽然颇多体会，但是尚未悟出新诗正如古诗，一句话里大可省去主词，尤其是第一人称的“我”，而句法呢，有时顺句不如倒装有力，连句不如插句多姿。其实，一直要到《莲的联想》，我才充分悟出此理。

另一方面，当年《天国的夜市》在题材上也欠广阔，不过对一个二十多岁的青年诗人而言，也不能苛求了。大致上，书中的作品多为抒情，但知性不足。可是在抒情之余幸而还写了一些讽刺诗，例如“批评家”“项圈”“偶像”“给某批评家”“腐儒”等作，尽管未成气候，总算为日后的讽刺之作跨出了初步。

再长的江河终必要入海

河水不回头，而河长在

为了自己的七旬生日，我曾写这首“七十自喻”。四十年后回顾这本少作，烟水茫茫，竟像是上游的风景了。河水固然回不了头，但上游的淙淙又何曾能预见今日的下游？时光如水，上游漂来的是这只纸船么？

余光中

二〇〇四年十二月于西子湾

目录

鹅銮鼻

我站在巍巍的灯塔尖顶，
俯视着一片蓝色的苍茫。
在我的面前无尽地翻滚
整个太平洋汹涌的波浪。
一万匹飘着白鬣的蓝马，
呼啸着，疾奔过我的脚下，
这匹衔着那匹的尾巴，
直奔向冥冥，寞寞的天涯。
浩浩的天风从背后扑来，
将我的乱发向前撕开；
我好像一只待飞的巨鹰，
张翅要冲下浮幌的大海。

于是我也像崖顶的巨鹰，

俯视迷蒙的八荒九垓：

向北看，北方是浓郁的森林；

向南看，南极是灰色的云阵，

一堆一堆沉重的暮霭

压住浮动的海水，向西横陈，

遮断冬晚的落日，冬晚的星星，

像一张垂死，苍白的巨脸，

闭上了眼睛，再没有任何表情。

十二月九日

十字架

一座白色的石十字架
矗立在那边教堂的塔峰，
撑住了满天沉重的乌云，
俯视在罪恶的都市上空。

像一枝安详，洁白的花朵，
抽长在泥污，黑暗的池心；
又像是人类求援的手臂，
挣扎着，伸向渺远的天顶。

在这暴风雨将袭的黄昏，
我独立在窗前向你祈祷：

啊！

你这面代表真理的大旗，

请你要永远将我引导！

二月十日

向我的钢笔致敬

从心底走到纸面的长征
是世上最为崎岖的道路，
但是除了你，亲爱的同伴，
有谁曾共尝我跋涉的辛苦？

当我们的作品跃现在报上，
别人只看见黑色的油墨，
他们看不见我红色的心血，
也不见你流的蓝色的汗液。

命运压扁了我的鼻子，
但是磨锐了你的舌尖。

我一切一切失败的眼泪

都被你写成胜利的诗篇。

你原是一枝平凡的钢笔，

可是你为我赢得了荣光；

我愿意佩你在我的胸前，

甚于佩一枚上将的勋章。

二月十三日

给刘鎏

你和我原是双生的灵魂，
但不知谁是母亲，
一对从小就分散的兄弟，
生长在两个家庭。

直到去年我和你相见，
才发现相同的血胤；
我灵魂和你的一样的美丽，
虽然你面貌略为高明。

没你的日子像没剑的剑鞘，
是多么空虚而悠长！

我变成一个精神的残废，
找不到精神的手杖。

精采的笑话，神秘的感觉，
在胸中不断地滋长，
但是照不到你温暖的微笑，
又纷纷在心谷冻僵。

让我们作一次灵魂的拥抱，
像一座精神的堡垒；
屹立在动荡的十字街头，
抵抗侵略的社会。

我们要坚守真理的阵地，
一寸也不能撤退！
回答我，刘鎏，亲爱的兄弟，

回答我，对也不对？

二月十三日

永　恒

永恒是一个回教的美女，
用一层面纱将明眸遮盖；
只有天才灵感的手指
才敢大胆地将它掀开。

但是她生来神秘而害羞，
不肯常常和情人幽会；
天才每夜去她的楼下，
都难于将她的面庞偷窥。

二月二十六夜

枕畔听啼鸟

一只害羞的，早起的小鸟
用怯生生的招呼将我唤醒。

它的啼声在沉寂的春晨，
像黄昏涌现的第一颗星星。

我仰卧在枕上静静地听它
小小的舌尖上开谢着白花。

不久飞来了第二只歌手，
和它在枝上一问一答；

但是好奇的第二只小鸟
问来问去有无尽的问题，

于是第三，第四只同伴
都飞来问它问什么东西，

第五，第六，第七只小鸟
也飞来我园里参加热闹，

直到满园的小鸟都醒来，
每一位都向邻居问好。

我似乎仰见午夜的晴空，
有灿烂的群星闪闪照耀：

有的鸟守在枝头唱歌，

像无数恒星闪烁在天河；

有的鸟在树间来回地跳动，
像无数行星缓飞在太空；

偶而一只鸟掠过我窗前，
像一颗曳着歌声的流星；

偶而一群鸟梳过我窗前，
像一把彗星扫过了天顶；

偶而一只鸟像一颗陨石，
直落到我床边朦胧的窗台，

啾啾啾啾像对我诉说，
园中的曙色是多么可爱。

我在星空下慢慢地徘徊，

仰望着群星，不忍离开，

直到红日照亮了晴空，

唱歌的星星渐渐地消溶。

三月十五日

我的小屋

到秋天，我要感谢自己的小屋：
它为我撑住这满天的乌云，
这许多庞大而沉重的乌云，
一步，一步，压向我头顶。

我就在这座小小的屋里，
沉思，做梦，看书和回忆；
自然我还要默默地写诗。
我被困在这座小小的围城，
而我的诗篇好像小鸟，
一只，一只，冲出了云阵。

我的小屋是我的蚌壳，
让我像一粒珍珠，在里面藏躲，
我听见海潮在外面流过。
我不想出去乘风破浪，
我知道潮水不久会消退，
所以我安于里面的寂寞。

我想我是对的，潮水要退的。
潮水退后的沙滩上面，
有许多破了的船儿搁浅。
而我在壳里默默地成长，
让蚌壳孕着我温暖的光。
我想我是对的，潮水要退的。

但愿没有多事的渔夫
把我卖给爱娇的贵妇。

让我做一颗沉默的珍珠，

我安于我这寂寞的小屋。

三月十七日

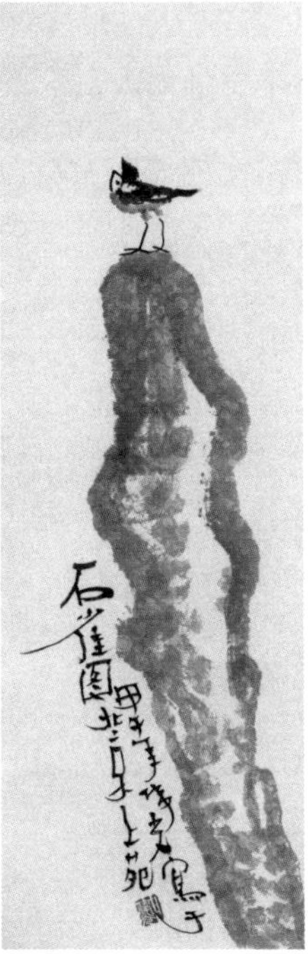

自由的卫士

拜伦逝世百三十周年纪念

他们说你是个不忠的情人；
但是你忠于自由女神，
你为她决鬪，死在希腊，
临终时还发出前进的呼声。

威灵顿，卡梭里，梅特涅克，
和蹂躏希腊的土耳其大军，
都已经静静地躺在墓里，
不能够再做自由的罪人。

但如今自由的空前大敌

要奴役中华，东方的希腊。
谁想到同情暴徒的掌声
却响自自由的卫士之家！

邱吉尔，艾德里，伊丽莎白，
何颜去见你的石十字架？
我不知他们将如何祭你：
用自由的残烬，自由的落花？

只有为自由而战的我们
才能在异域为你招魂；
自由在招手召你归来，
来加入我们的堂堂之阵。

四月十九日

回　忆

当我傍晚在河边走过，
或是深夜在房中独坐，
往事像一只疾奔的刺猬，
忽然闯进了我的心窝。

于是我忆起你唤我的声音，
和唤时你那安详的微笑，
像贬落人间的亚当忆起
伊甸园里啼鸟的春朝。

四月十四夜

我不再哭泣

在那漫长的，失眠的夜里，
我不再哭泣，我不再哭泣。
在那漫长的，失眠的夜里，
当墙上壁虎那冷冷的目光
和我的沉郁的目光相遇；
当池畔的合唱已近尾声，
只余下独蛙在自言自语；
当火萤擎一枝昏黄的小烛，
像要把失落的记忆寻觅；
当蚊群舞倦了一夜芭蕾，
在破曙之前回去休息；
在那漫长的，失眠的夜里，

我不再，不再哭泣。

灵魂有过深，过深的伤痕，

不能用太烫的泪水浸润，

不能用太浅的泪水探测，

不能用太淡的泪水冲洗。

在那漫长的，失眠的夜里，

我不再，不再哭泣。

四月二十五日

女高音

一只云雀自地平线涌起，
缓缓地，盘旋在西方的天际。

它悠悠地飞下，又舒舒地飞上，
如片帆飘浮于微波的海洋。

那一片辽阔而温暖的洋水
荡得它懒懒地，有些微醉。

不久海上吹起了巨风；
一波接一波向前汹涌。

忽然它振翅向天顶疾升，
疾升，疾升，要直叩天堂的大门！

那么远，那么高，那么渺小！
昂起头几乎都追眺不着。

转瞬在太空它息下了翅膀，
翻一个筋斗向下界飞降。

但是还不曾触到平地，
拍一拍双翼，又缓缓地飞起。

哦，缓缓地，缓缓地，飞回西方，
渐没于黄昏那无边的苍茫。

四月二十七夜

逼　视

我逼视你这清澄的眸子，
照见了忧郁的自己，
落寞地映在你平静的水面，
像映在深邃的井底。

他们说眸子是灵魂的窗子。
我在你窗前伫立，
惊异地发现我自己的缩影
原来隐居在房里。

五月一日

给寂寞

盖一座宏伟的王宫，寂寞，
让我的灵魂居住；
你可以用希望做你的天窗，
骄傲做你的支柱。

但愿没有讨厌的俗客
来惊破我的安详，
只要灵感，永恒的使臣，
偶然来宫中拜访。

五月三日

听钢琴有忆

傍晚我沿着曲折的幽径，
向深林的深处缓缓独行。

路边的小鸟殷勤地问我：
日暮时来林中寻找什么？

「我不曾寻找，我不曾遗失，
我不过乘兴遨游来此。」

于是我继续向前面漫行，
被藏在暗处的水声诱引。

渐渐我觉得那潺潺的流泉
好像在哪儿我曾经听见。

再向前走不到几步，我想，
就能够嗅到一阵清香。

是吗？我如此迷惘地问着自己：
心里冒起了一阵阵惊疑。

忽然我踩到了一条树根，
一阵震颤麻过我全身。

我霍地停步，我转身回顾，
是的，就是这路旁的这棵巨树！

就是在此地！就是在此地！

就是在此地我常来哭泣!

发狂地我奔过前面的弯路,

在一座小十字架前停住!

五月三日

宇宙观

苍蝇的宇宙观

在一根滚动的轮轴上面，
欢唱着一只苍蝇：
「看哟，看哟，整个的宇宙
都绕着我在运行！」

罗马教堂里有一位哲人
对许多苍蝇说道：
「是的，我承认窗外的太阳
确是将我们飞绕！」

蚊子的宇宙观

牛顿爵士站立在台上，
对台下的学生说道：
「地球面上的苹果和其他
都给它引力吸牢。」

在桌下听讲的一只蚊虫
大大地感到不服；
他挑战地飞过牛顿的面前，
「看它可吸得我住！」

情人的宇宙观

宇宙不过是一面镜框，
你是框中的画像；

其余的一切都是背景，

就连星星和太阳。

当宇宙的末日终于来临，

一瞬间熄灭了星光；

你我便暗中紧紧地相拥，

在上帝停电的晚上。

五月四日

批评家

他们说批评家是理发师：
他把多余的剪光，
然后把余下的加以整理，
用香膏沐得闪亮。

在奥古斯都和盛唐的时代，
那情形应该是这样；
但如果进店的多半是秃子，
我同情理发这一行。

五月五日

我不再恐惧

当我们牵手漫步在林中，
或是荡舟在星夜的水面；
当两个焦渴的孪生灵魂
从心底直升到相吻的唇边，
深深地吸饮着甘泉；

我不再惶惑，我不再忧虑，
我不再恐惧地震和狂风，
我不再恐惧末日的降临，
当一切都毁于海啸和山崩，
当一切都骤然消溶。

在你那温柔的怀里死去，
是多么地安详，多么欢畅！
幸福的是那沉酣的蜜蜂，
当它醉死在花瓣的中央，
让蜜汁流满了心房。

五月六日

杰作的产生

命运是一尊坚强的铁匠，
抡一把痛苦的巨锤，
日夜猛击在天才的心上，
要将它敲成粉碎。

可是天才的心是一座铁砧，
给铁锤愈敲愈紧，
在暗中它不曾怯懦地躲闪，
只迸出反抗的火星。

一把一把断了的铁锤，
换了一根又一根。

最后倒下了力尽的铁匠，

一件铁器已打成！

五月六日

夜　归

一颗乍明乍灭的孤星
在汹涌的暗空独自挣泳。
最后它力尽地向我挥手，
转瞬已溺入深阔的乌云。

于是无论上方或下界，
整个宇宙都捉不到亮光。
我已经迷路于黑夜的血管，
盲目地，摸向黑夜的心脏。

但是不久从深邃的草底，
蓦地迸出了一闪流萤，

为我擎一枝清冷的残烛，

殷勤地照着我的归程。

五月八日

新月和孤星

像一只寂寞的鸥鸟
追着海上的帆船，
像一只金色的蜜蜂
恋着清香的花瓣；

也没有亲近的拥吻，
只有深深的感受；
也没有海誓和山盟，
只有默默的厮守；

直守到暗夜的尽头，
望瘦了容光如许；

才黯然地一同殉情，

溺在黎明的光里。

五月十四日

给惠德曼

Walt Whitman 诞生百卅五周年纪念

惠德曼，你民主的诗人！
二十世纪需要你雄壮的歌声！
这民主的暗夜的二十世纪，
当自由女神那微弱的火光
已经照不到大半个地球，
照不到受难者脸上的痛苦和绝望。
惠德曼，你民主的诗人！
二十世纪需要你嘹亮的歌声！

是你第一个从古代的梦里醒来，
像赫九力士，你奋臂挣扎，

挣扎，挣扎，把旧的诗律挣开；
当沉重的铁链砉然坠地，
同时便坠下了新诗那健壮的婴孩。
是你第一个从古代的梦里醒来，
你，站在你新诗的天文台上，
发现了整座的银河——人民，
发现这新的银河是转动着宇宙的轴心，
像哥白尼和加里略
发现了太阳在太阳系的中央，
发现了是地球环绕着太阳。
是你第一个在新诗的旷野
发现了人，人和他自己，
于是你大声地歌颂自己，
歌颂自尊而自由的个人。
在这充满了歌颂别人的二十世纪，
这该是多么可贵的有力的歌声！

是你第一个警告这万物之灵的人类，
你逼着我们问：「灵在哪里？」
是因为动物不会向同类下跪，
而人会跪向别人，或是要别人跪向自己？
是因为动物不会在白天虚伪地装笑？
是因为动物不会在夜间惭愧地悲泣？

惠德曼，你民主的诗人！
诗中的哥白尼，诗中的林肯！
二十世纪需要你粗犷的呼声！
暴君们怕听你预言般的警告，
像黑夜将尽的幢幢鬼影
怕听那一声声啼鸡催晓。

吼吧，惠德曼！你人民的歌手！

吼醒二十世纪这一场噩梦！
让二十世纪充满了你的怒吼，
像枯萎的秋林扫过了一阵西风！

惠德曼，你民主的诗人！
二十世纪需要你嘹亮的歌声！
你的呼吸是澎湃的大海。
像华兹华斯呼密尔顿归来，
我站在二十世纪的岸边呼你：
归来吧，惠德曼！回到这二十世纪！

五月十六日

孤　萤

当黑夜征服了上界的星河，
征服了下界的群山，
你独自擎一枝小小的火把，
向黑夜的帝国挑战！

我，万物之灵的我应向你学习，
像我要学习伏尔泰，
像我要学习普罗米修斯，
学习布鲁诺和雪莱。

五月十七日

项　圈

张玛丽小姐在街上散步，
背后牵一头爱犬。
遇见李露西也牵一头走来，
两人便停步寒暄。

玛丽的爱犬也走上前去，
和露西的爱犬交际。
露西的爱犬问它的项圈，
是铜的，还是金的。

「铜的，」玛丽的爱犬回答。
「铜的！我的是金的！」

露西的爱犬耸一耸肩头走开，

「而且是美国制的！」

五月二十日

如　果

如果有一天你别我而去，
去到我不能追寻的地方，
这世界将变成多么的陌生！
多么的寂寞，多么荒凉！

于是我好像独自站在
一个雨夜的火车站上，
最后一班的火车已开走，
站上的客人也已散光。

五月二十二日

雕　像

你这尊垂头凝视的雕像，
为何你总是欲言又止？
难道一切的叹息和眼泪
都说不出你深沉的哀思？

可是在你那石躯的里面
久孕着满腔火热的言语？
但是你嘴唇早已僵硬，
你只好将它压在心里。

五月二十三日

钢琴演奏会

音乐有一只神妙的手，
比母亲的还要温柔。
它轻轻，轻轻地抚摸你头发，
使你感动得泪下。

哭吧！一切一切寂寞的孤儿，
埋在她怀里默泣！
每一个痛苦而彷徨的灵魂，
都会受她的爱惜。

五月二十三日

偶　像

将你对偶像过分的崇拜
留一份下来尊敬你自己。
与其多一个虚伪的权威，
不如多一人瞥见真理。

你跪在巍巍的偶像脚下，
低头去俯吻他的脚尖；
但是你不曾举头仰视，
就仰视也看不清他的脸。

如果有一天你站直了自己，
或是走上了智慧的石级，

你将要如此，如此的讶异——
也许你发现他的大嘴，
也许你发现他的近视，
也许你发现他戴了面具，
也许……也许……
总之你将要惆怅而惊奇。

而现在，因为你伏在他的脚下，
只看见他的像座，他的脚指，
只看见他的鼻孔，他的下巴，
你幻想他是如此，如此的伟大，
你仰视看不见他的假发。

五月二十六日

错　字

每当我看见自己的新作
赫然跃现在早晨的报上，
我得意得有如一个孩子，
为自己的灵魂披上了新装。

忽然我发现有一个错字
刺眼地闪出了我的诗行，
于是我懊恼得像当众发现
有一粒裤钮忘记扣上。

六月八日

希　望

一匹永不休息的神驹
驮着我和我沉重的过去，
冲过了秒分时日和年代，
直奔向地平线上的未来。

愈走愈沉是过去的压力，
但愈驰愈健是它的四蹄。
我骑它奔到了地平线上，
另一条地平线又伸在远方。

六月二十日

午　寐

夏午侵略我肉体的国土，
一寸，一寸，逼近我首都；
终于我完全失去了自己，
和混沌的宇宙合为一体。

我即宇宙，宇宙即我，
宇宙因我的加入而增多，
直到蝉声刺进了窗来，
将我和宇宙重新切开。

七月十日

记　忆

记忆深藏在灵魂的洞里，
像一只怯光的蝙蝠；
但是到暮色渐浓的黄昏，
便潜出洞来飞舞。

人们的耳朵不能够听见
它那痛苦的尖叫，
也无法张网去将它捕捉，
不让它飞回旧巢。

八月初

诗

诗是灵魂的一封短信，
寄给自己的亲戚，
倾谈自己最近的旅行，
一个神秘的消息。

无论他是去地狱探险，
或是去天堂游历，
当时途中的奇妙经验，
他完全记在信里。

八月初

我的眼睛

往日在这清湛的池心，
你时时来俯窥自己的倒影。
你笑时倒影也随着微笑，
清湛的池水更明亮了。

但如今在这寥廓的池面，
终日只映现远方的白云，
和飞向远方的自由的小鸟，
和夜里更远，更远的星星。

八月二十六日

初　别

一颗晚星忍泣在西方，
湿湿的，含着晶亮的泪光。
这别后第一个宁静的黄昏，
我怎能，怎能遗忘！

我依稀还嗅到你的发香，
依稀还听见你的声响；
别时的记忆像受伤的小鸟，
在我的心里怯怯地窝藏。

我怎能遗忘昨晚的此刻，
你的叮咛绕在我耳旁：

「等明日第一颗晚星出现，

让我们互相，互相地怀想。」

十月十七日

咪咪的眼睛

咪咪的眼睛是一对小鸟，
轻捷地拍着细长的睫毛，
一会儿飞远，一会儿飞近，
纤纤的翅膀扇个不停。

但它们最爱飞来我脸上，
默默脉脉地盘旋着下降；
在我的脸上久久地栖息，
不时扑一扑纤纤的柔羽。

直到我吻着了我的咪咪，

它们才合拢飞倦的双翼，

不再去空中飞，飞，飞，

只静静，静静地睡在窝里。

十月十八日

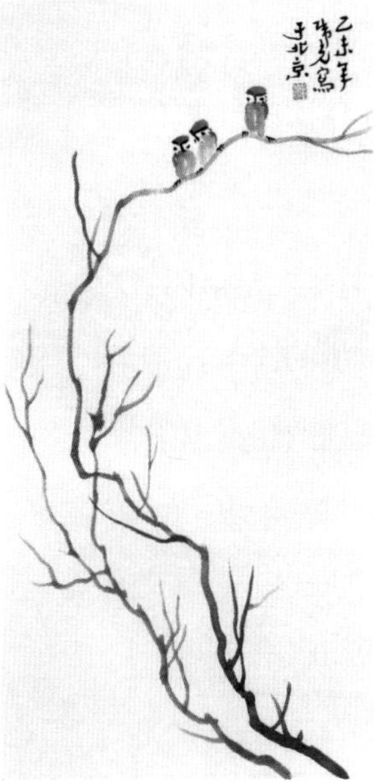

离　别

别后的三天是回忆的日子，
笼罩着上次离别的阴影；
但约前的三天是三朵白云，
渐渐染上了朝阳的红晕。

只有见面的日子是昙花，
开在时间荒漠的沙碛，
但转瞬被离别的手指摘下，
默默地夹进日记本里。

十月二十七日

别　后

在车站目送你走后归来，
我久久，久久地不能成寐：
原来载你去远方的火车
还未曾开出我的心里。

一节一节沉重的车厢
轧轧，轧轧，辗过我心上；
你出现在每节车厢的窗口，
黯然的脸上闪着泪光。

于是整夜那沉重的火车
拖着尖锐而悠长的悲鸣

辗过去，辗碎我已经破碎的心，

也辗碎今晚我的梦境。

十月二十九日

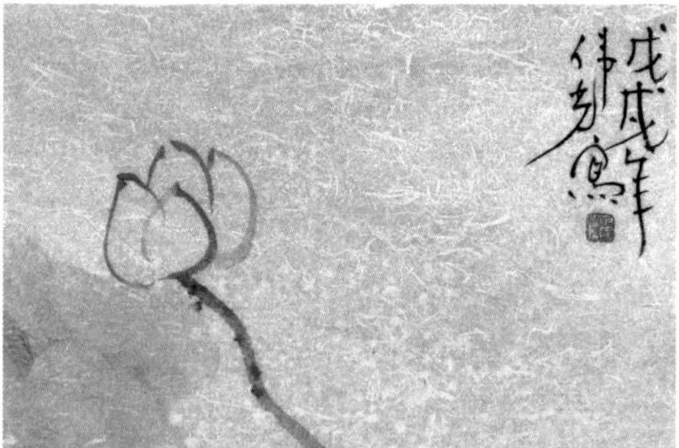

别　时

一半的日子在整理回想，
一半的日子在编织期望；
别后的每秒都不是现在，
我仅仅梦游于往昔和未来。

你是我夜夜梦途的麦加，
你是我条条思路的罗马；
你走后台北又沉入寂灭，
没你的地方都是异域。

来信吧，请多写几页，
告诉我一些故乡的消息。

上次临别时欠我的一吻，

下次要加倍还我利息！

十二月九日

归　吻

归自惊波怒涛的海外，
流浪的灵魂终于进港。
岸上那两座久别的灯塔
在雾里透出朦胧的幽光，
指引着我的归航。

缓缓驶过了港口的岩壁，
把铁锚深深地抛在湾里；
当归舟紧傍着岸边泊下，
这一片沙滩是多么柔细！
任游子回来休息。

海上经历的狂风暴雨
在这一刹那已全被遗忘；
渐渐那岸上的两座灯塔
熄灭了雾里闪烁的微芒，
涌出了两滴星光。

三月三十一日

云

热带的六月，云群在海上出游的季节，
我仰望太空，惊异于宇宙丰富的幻想。
一朵一朵明亮的云，是灵感？是希望？
飘过了宇宙的脑际，逝向远方，
让追逐的小鸟空自惆怅。

六月的云群，在高空缓缓，缓缓地飞行，
一只随一只，像怀孕的乳白色的天鹅，
懒懒地张合着她们庞然透明的柔羽，
在万里无风的大气里悠然浮过，
从容得激不起一痕微波。

微风的纤手牵开了天堂绚烂的窗帷，
引得地面的小鸟，每早都举目仰眺；
激动的童心疑惑那上面有更好的果园，
便怀着满腔的惊奇，向高空飞跃，
去探寻一座座灿洁的光岛。

有时万里的晴空，一片青色的蒙蒙，
转瞬有千万朵鲜白的芙蓉相继盛开，
但不久又被天国的园丁一一摘下，
怕它们继续堆拥，将乐园的大门遮盖，
上帝午睡起走不出来。

热带的六月，原是云群结伴出游的假日：
你看她们三三五五，在太虚徜徉，漫步，
有时又相拥窃语，有时又曳裾追逐，
在黄昏的归途，又被晚山将彩裙绊住，

抖落了几颗晶亮的珍珠。

我仰望太空，那许多五色变幻的魔岛。
啊，我忆起，那上面原是我灵感的摇篮；
我的心自胸中迸出，化成了一只云鸟，
曳一串欢悦的歌声，向上纵跳，
再不肯回到我凡躯的旧巢。

六月五日

给某批评家

初见你这张吞象的巨口，
我曾经幻想其中的深广。
不幸你后来每次张嘴，
总让人直窥见你的肚肠——

既无黑墨汁，也无蓝墨水，
你患的原来是营养不良。
而你偏偏爱随地吐痰，
以表示你的慷慨大量。

六月十六日

邮　票

一张娇小的绿色的魔毡，
你能够日飞千里；
你的乘客是沉重的恋爱，
和宽厚的友谊。

两个灵魂是你的驿站，
你终年在其间跋涉；
直到他们有一天相逢，
你才能休息片刻。

何时你回到天方的故国，
重归你魔师的手里？

而朋友和情人也不再分别，

永远相聚在一起。

六月二十五日

讽刺诗

文学史家说可爱的女人
曾经是诗人灵感的泉源，
但他们忘记可恶的男人
也会激起讽刺的诗篇。

这并不能够证明，佛洛依德，
异性则相引，同性则相斥。
有一些所谓女作家的倩影
只能够使我做江淹，而非但丁。

在这低级趣味横行的时代，
我们需要讽刺的天才。

文艺女神啊，请赐给我们

十个颇普和十个拜伦！

八月十二日

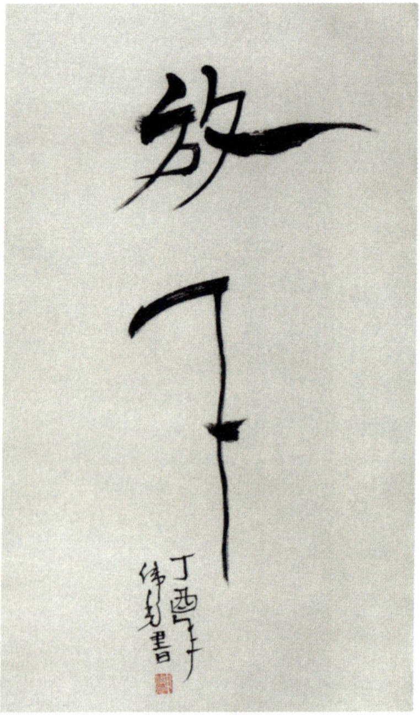

诗人和花贩

——给夏菁

莫向我诉说天才的诗章
竟然是如此的贱价：
这世界原来是一个菜场，
谁教你菜市来卖花？

萝卜，芋头，冬瓜和青菜，
最受市场的欢迎；
你这位花贩偏偏只出卖
百合和康乃馨。

八月二十一日

山　雾

阴阴的夏木晚浴淋罢，
飘出了一阵阵清爽的发香。
是谁的魔手缓缓地牵起，
缓缓地为她们牵起了白帐？

渺渺的山影已渐渐入梦，
上下是一片乳白的苍茫；
再没有片羽划过太空，
或是脆歌掷到我耳旁。

我独立在一颗混沌的星上，
像伊甸园里初醒的亚当：

未来还渺茫，过去已遗忘，

目前是禁果诱鼻的清香！

八月二十六日

雾

是谁拔开了天方渔人的小瓶，
放出这白色的巨魔？
看！他变幻的躯体冉冉上升，
将近树远山都吞没！

一觉小寐已睡了三百多年，
他开始懒懒地欠伸；
一只庞然的巨掌缓缓垂下，
遮幽了台北全城。

但这是夏晨，他毕竟睡意犹浓，
撑不起他的身体；

于是一寸，一寸，又开始缩进

一只神妙的瓶里。

九月七日

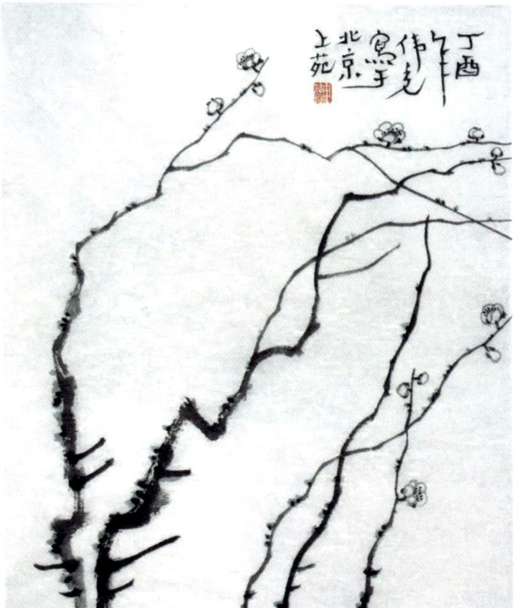

饮一八四二年葡萄酒

晚春某夜，偕夏菁、敬羲往谒梁实秋先生。言谈甚欢，主人以酒飨客。余畏白兰地味浓，梁公乃出所藏一八四二年葡萄酒饮予。酒味芳醇，古意盎然，遂有感赋此。

何等芳醇而又鲜红的葡萄的血液！
如此暖暖地，缓缓地注入了我的胸膛，
使我欢愉的心中孕满了南欧的夏夜，
孕满了地中海岸边金黄色的阳光，
和普罗汪斯夜莺的歌唱。

当纤纤的手指将你们初次从枝头摘下，
圆润而丰满，饱孕着生命绯色的血浆，

白朗宁和伊丽莎白还不曾私奔过海峡，
但马佐卡岛上已栖息乔治桑和萧邦，
雪莱初躺在济慈的墓旁。

那时你们正累累倒垂，在葡萄架顶，
被对岸非洲吹来的暖风拂得微微摆荡；
到夜里，更默然仰望着南欧的繁星，
也许还有人相会在架底，就着星光，
吮饮甜于我杯中的甘醲。

也许，啊，也许有一颗熟透的葡萄
因不胜蜜汁的重负而悄然坠下，
惊动吻中的人影，引他们相视一笑，
听远处是谁歌小夜曲，是谁伴吉打；
生命在暖密的夏夜开花。

但是这一切都已经随那个夏季枯萎。
数万里外，一百年前，他人的往事
除了微醉的我，还有谁知道？还有谁
能追忆那一座墓里埋着采摘的手指？
她宁贴的爱抚早已消逝！

一切都逝了，只有我掌中的这只魔杯
还盛着一世纪前异国的春晚和夏晨！
青紫色的僵尸早已腐朽，化成了草灰，
而遗下的血液仍如此鲜红，尚有余温
来染湿东方少年的嘴唇。

九月二十九日夜

你的生日

为何你一年比一年年轻，
一年比一年可爱？
我揉着向你注视的眼睛，
惊讶于你的光彩。

一定是向前疾飞的时间
瞥见你诱人的面容，
竟愕然回羽绕着你飞旋，
如一只忘返的蜜蜂。

十一月十日

灵魂的触须

当你爱我时，你的眼睛
便时时来寻找我的；
当你恨我时，你的眼睛
便留心将我的躲避。

这一对淡褐的敏感的眸子
原是你灵魂的触须，
从它们的方向我可以探知
你灵魂每刻的消息。

十一月十日

水手的日记

星期一我驶出你安静的深港，
心怯地，独立在船尾怅望。

星期二我回顾已不见陆地，
只有星，只有云，只有冬夕。

星期三我驶入险恶的远海，
暴风雨成群地向我袭来。

星期四有一只白鸥来绕船，
暗示我海岸已经不远。

星期五陆地已在望，孤蓬
装满了一阵阵柔和的晚风。

星期六我重新驶入你臂弯，
把疲倦的灵魂泊在你唇岸。

回忆一星期所经历的流浪，
比犹力西斯的归途还悠长。

十二月二十日

当寂寞来袭时

当寂寞来袭时，我闭上了眼睛，
在疏星的晚空下低唤着你的名字；
拉下了灵魂深紫的窗帷向内返视，
我重新清晰地窥见了你的面影：
一对淡褐的眸子像孪生的精灵，
躲在天堂的窗后正向我暗做手势；
栗色的长发掩住白如象牙的颈子，
半似诱惑又半似拒绝我的嘴唇。
啊，下午我分明在车站为你送行，
怅望那长啸的怪兽攫你而去。
为何你每次刚自我眼中消隐，
便立刻又逃回我心里来潜居？

只是此时你脸色黯然，欲语无声，

像西天日落，东方浮现的月轮。

十二月二十六日

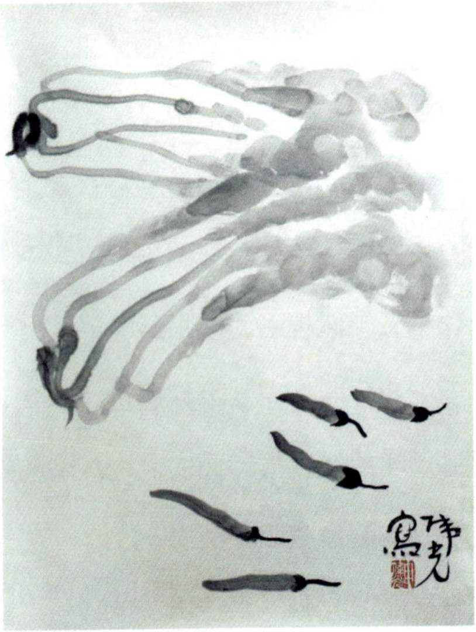

你是那虹

你是那虹，那七彩的断虹，
垂落在惊疑的太空；
一种不能够重现的奇迹，
使我深深地感动。

你是那虹，那七彩的断虹，
安慰着雨后的灰穹；
你给人间以太多的颜色，
更显得尘世的贫穷。

你是那虹，那七彩的断虹，
两端都消失在云中；
如此地难以攀登而捕捉，

神秘的是你的行踪。

你是那虹，那七彩的断虹，

那天使的飘带临风；

你为我证明天国的存在，

于短短的一瞬之中。

三月三十日

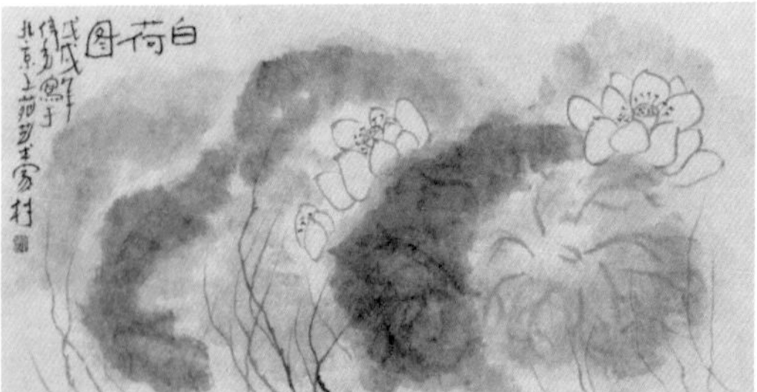

现　实

每一座昂首奔来的波浪
都举起自己洁白的希望，
但转瞬便撞碎在狰狞的石壁，
怅然发出沉重的叹息。

但背后继续冲上的怒潮
并不曾因此而畏缩，彷徨。
一世纪，十世纪，顽石让步了，
石上刻下了海的力量！

四月三日

巨鹰之影

一只疾鹰掠过太阳的王座，
竟投影在我的身上！
他黑色的巨翅造成了日蚀，
攫去我一瞬的阳光。

于是步行者淡淡的悲哀
充满了我的胸膛，
而我被囚于凡躯的雄心
又向往蓝色的空旷。

四月二十五日

白　发

这是母亲的一缕白发，
疲倦地伏在我掌上。
如此纤细的弱丝已经
缚不住时间的翅膀，

但是它依然紧紧地系住
我泊于梦境的童心；
它引我重访深邃的记忆，
像一条曲折的幽径。

多么古老的记忆！像人类
回想伊甸园的晨雾。

我恍如秋日瓶中的插花，
在怀念四月的泥土。

往日我曾为少女的云鬘
哭暗了眼中的亮光，
但如今一弯白发却激起
我更深的怅惘。

正如一张野心勃勃的幼叶，
从地下直爬上树尖，
等到捕倦了空幻的云影，
又落回树根来安眠。

四月二十六日

暮　立

微倦的海浪都转过身来，
向远处缓缓地仰泳；
一只白鸥追过去，它独自
散步于空旷的万顷。

一定是有一只无形的巨手
在拉下宇宙的窗帷。
一瞬间天地将完全闭拢，
只留下数孔可窥——

只留下几个疏落的星孔，
让我们久久仰望，

而猜想天壁外面的世界

依旧是一片亮光。

六月二十八日

初　秋

当清秋侵略早晨和黄昏，
残夏便退守中午。
回忆这王朝往昔的盛况，
使我们深感凄楚。

先是我们窥见了夏的侧面，
然后又怅望他背影。
继这位酩酊的朋友而来的
是一个严肃的生人。

如今宇宙是宽阔得多了：
我们有足够的空间

让云游，让鸟飞，让一切声响
曳余音在空际回旋。

一切都似乎已和我疏远，
当我伫立在桥头，
惊异于许多熟悉的事物
都被藏在地平线后。

于是有一种无形的感觉
潜升自我的四周，
将我像淡雾一样地裹住，
因而我丧失了自由。

于是也像座桥，我立于此，
伸臂向过去和未来，
而脚底不分昼夜在消逝

流向永恒的现在。

九月二十五日

失乐园

我在夏的乐园中徜徉游戏，
酩酊于五光和十色；
我似乎在度着灵魂的假期，
如此悠闲而自得。

莫奈，瑞努瓦，梵谷和杜菲
合绘成功的画面！
生命是丰满，豪华而壮丽，
在这长夏的花园。

我在园中踏着抒情的步子，
像一个忘返的小孩，

直到清秋，如一位教师，

出现在门口的石阶。

九月二十七日

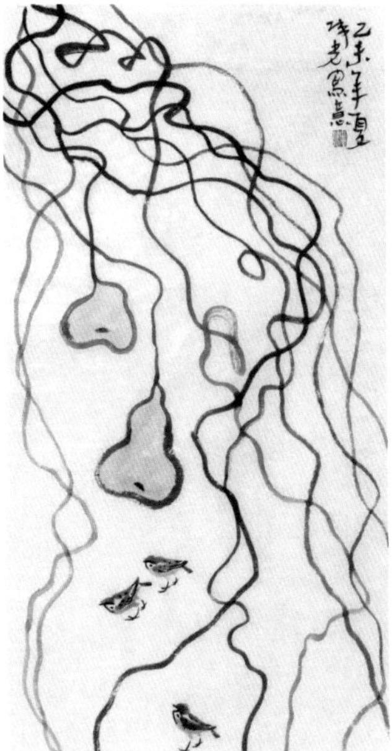

天国的夜市

我仰窥九月灿烂的星空，
神驰于天国繁华的夜市：
一弯玲珑的冈舵拉泊在
海上的威尼斯。

宽宽的林荫大道伸向极远，
道上有朦胧的车尘微扬。
那街头瞬息万变的红绿灯
正闪着奇异的光芒。

然而这究竟已经是初秋，
市容不复有仲夏的盛况；

冈舵拉舟子幽远的歌声

已透出几分凄凉。

九月二十九日

腐　儒

腐儒的头脑是学问的坟墓，
里面葬满了古人：
乱草和厚土顽固地拒绝
天才的阳光来访问。

有一天我掘开了这座巨墓，
想寻找往昔的伟人，
但是只发现成堆的髑髅，
而不见血肉之身。

十月二日

方　向

清晨我欣然向旭日前进，
看不见自己的影子；
展开在面前是一片风景，
因而我无暇忧思。

但是另一个寂寞的行人
却背着晨曦行走；
他一路俯视自己的阴影，
而无暇将风景领受。

十月二日

波兰舞曲

纤纤的十指像一队敏感的精灵，
在通向天国的大理石阶上合舞；

轻叩，轻叩，叩开了天国的重门，
又邀来萧邦的灵魂和我们暂时同住——

蓝的是波兰的天空，白的是波兰的云，
但更难忘的是波兰芬芳的泥土！

一朵一朵的紫罗兰，一丛丛的丁香，
争着开放又飘落，自你的指尖；

还不等我们拾起坠下的花朵，

又有新开的在你的指端涌现。

然后是锵锵的数响，天国的重门

一扇扇合上，在萧邦和我们之间。

三月十七日改定

后　记

这是作者的第三本新诗集，其中绝大多数发表在《蓝星周刊》《文学杂志》《幼狮文艺》和《新生副刊》等期刊上。

十二年前，王敬羲兄应邀为某书局主编一套《文华文丛》，将这本集子收在里面，当时的书名是「魔杯」。记得当时那套文丛一共有十本，相当引人注目，不料广告登过以后，一直就没有下文。文坛的风景（literary scene）变化万端，自己的风格也屡经蜕变，后来的作品一本继一本结集出版，而这本诗集竟一搁十三年。

十三年，在一个作者的创作历史上，是一段很长的时间。重读这些「少作」(juvenilia)，在重温昔日浪漫的美梦之余，不免为当日的幼稚感到赧颜。像〈饮一八四二年葡萄酒〉和〈给惠德曼〉等几首，发表之初，虽也赢得一些师友的青睐，现在看来，毕竟只能勉强「承先」，断断不足奢言「启后」。所谓「先」，就是新月社的诗人。如果读者容我厚颜比附，则当时我的处境真有几分像叶慈，而新月社的一些先驱也有几分像罗赛蒂，王尔德，道孙。这比拟当然不尽适合，但我的年龄尚有机会让我上承新月的风流余绪：晚年的胡适，曾在我英译《中国新诗选》的庆祝酒会上发表演说，勉励在场的新诗人继续努力；叶公超先生是颁给我金手奖的评审委员之一；而梁实秋先生，另一位新月健将，给我的影响更是深远，不容我一一缕述。从新月出发，我这一代开创了现代诗，正如新月诸贤从古典诗出发，而竟开创了新诗一样；这原是文学史发展的自然趋势。

既然如此，也不用为自己的少作护短解嘲了。

五月一日